오늘의 너와 나에게

_____

네가 지금 외로운 것은
누군가를 사랑하기 때문이다

네가 지금 외로운 것은
누군가를 사랑하기 때문이다

2012년 12월 24일 초판 1쇄 발행
지은이 · DNDD(두식앤떨떨)

펴낸이 · 박시형
책임편집 · 정현미, 이혜진

경영총괄 · 이준혁
마케팅 · 권금숙, 장건태, 김석원, 김명래, 탁수정
경영지원 · 김상현, 이연정, 이유하
펴낸곳 · (주)쌤앤파커스 | 출판신고 · 2006년 9월 25일 제406-2012-000063호
주소 · 경기도 파주시 회동길 174 파주출판도시
전화 · 031-960-4800 | 팩스 · 031-960-4606 | 이메일 · info@smpk.kr

ⓒ DNDD(두식앤떨떨)(저작권자와 맺은 특약에 따라 검인을 생략합니다)
ISBN 978-89-6570-126-2(03810)

쌤앤파커스(Sam&Parkers)는 독자 여러분의 책에 관한 아이디어와 원고 투고를 설레는 마음으로 기다리고 있습니다.
책으로 엮기를 원하는 아이디어가 있으신 분은 이메일 book@smpk.kr로 간단한 개요와 취지, 연락처 등을 보내주세요.
머뭇거리지 말고 문을 두드리세요. 길이 열립니다.

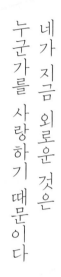

네가 지금 외로운 것은 누군가를 사랑하기 때문이다

DNDD(두식앤딜딜)
지음

쌤앤파커스

겨울 ·017

작은 눈송이 같은 외로움은
내 가슴 위로 내려앉아 차갑게 식어간다.

봄 ·027

흐르는 눈물로 시작된 사랑은
내게 쓸쓸한 위로로 다가온다.

여름 ·079

알 수 없는 눈물의 끝은
그리움의 시작을 가지고 찾아온다.

가을 ·181

포근한 내일의 사랑은
외롭던 어제의 오늘이다.

오늘 ·239

나는 오늘의 내 모습이 아름답다,
내일이 찾아오지 않아도.

프
롤
로
그

내 마음은 자라고 있는 거겠지? 라는 생각이 들자 정말로 그럴까? 하는 의문이 당
연하다는 듯이 마음속으로 뒤따라 들어와 지나간 기억들을 되새겨보기로 했다. 어
제의 나는 어떤 하루를 보냈으며 작년의 나는 어떤 한 해를 보냈는지 천천히 기억
을 더듬어 다가가자 어디서부터 시작되었는지 모를 외로움들이 마음 한구석에서
자리를 차지하고 앉아 있는 것을 알았다. 아무런 이유 없는 그저 그런 외로움이 너
무도 서럽게 느껴져 도저히 당해낼 재간이 없었다. 소리 내어 울어보기도 하고 사
람들을 만나보기도 하고 도움이 되는 책들을 찾아 읽기도 했지만 지금, 바로 지금
내 마음을 진정으로 알아주고 위로해주는 것은 좀처럼 찾기 힘들다는 현실이, 내게
남는 눈물을 모조리 내리는 비로 만들어 쏟아지게 할 뿐이었다. 나는 그저 축축하
게 젖은 옷자락과 눈과 귀를 막은 사람들, 커다란 우산을 들고 쏟아져 내리는 비를
너무나도 잘 막아내고 있는 사람들이 알려주는 허공의 글자들의 주변을 맴돌고만
있을 뿐이었다.

바로 그때 가만히 눈을 감고 귀를 기울이자 어느 한 편에서 작은 목소리가 들려왔다.

"네가 지금 외로운 것은 누군가를 사랑하고 있기 때문이야."

짙은 안개 끝에서 마지막 한걸음을 앞두고 있는 것처럼 그렇게 목소리는 희미하게 울려 퍼졌다. 마치 내 마음 한구석에서 울려 퍼져 들리는 것처럼 조용한 목소리로.

목소리가 들려준 것처럼 나는 누군가를 사랑하고 있을지도 모른다. 그것이 나일 수도, 내가 바라보고 있는 그 누군가일 수도, 그리고 나를 바라보고 사랑해주는 누군가일 수도 있다고 생각하니 외로운 나를 진실로 위로해줄 수 것은 내가 지내온 시간들과 그로 인해 오늘을 살고 있는 나 자신, 내가 가진 기억, 내가 보고 있는 내 모습, 내 주위에서 나를 바라보고 있는 수많은 보이지 않는 영혼들의 이야기라는 것을 알게 되었다. 그리고 진실로 내 마음을 들어줄 수 있는 들리지 않는 목소리들도 함께. 그것이 내 마음에서 들리는 목소리일지라도.

물론 정확한 해답은 어떠한 곳에도 없다고 생각한다. 다만 누군가 나와 같은 외로움을 가지고 함께 생각하고 있다는 안도감이 오늘의 나를, 오늘의 너를 조금은 더 사랑할 수 있는 기분이 들게 하는지도 모르겠다. 함께 울고 웃고 말하고 들을 수 있는 그런 우리의 모습이야말로, 오늘의 우리의 마음이야말로 아름답게 자라고 있다는 증거가 아닐까?

2012년 겨울, DNDD

잿빛 하늘 사이로 새하얗고 작은 눈송이 하나가 손바닥 위로 떨어졌다. 내 가슴은 작은 눈송이 하나쯤은 녹여낼 수 있을 거라고 생각했다. 작은 눈송이는 순식간에 녹아 희미한 눈물 자국을 만들 수도 있겠다고 생각했다. 하지만 내 가슴은 작은 눈송이 하나로도 꽁꽁 얼어붙어 차갑게 식어갔다.

금방이라도 미끄러져 떨어져버릴 것만 같은 낭떠러지 끝의 외로움은 하얀색 옷자락과 베개를 흠뻑 적셔버릴 만큼 울고 나서야 또 다른 눈송이를 맞을 준비를 겨우 마칠 수 있을 것 같았다.

그렇게 나는 차갑도록 눈부신 눈송이들 사이에서 침대 한구석에 웅크리고 누워 한 없이 울고 있었다.

겨울

녹여 줄 수 없는 걸까?

하얀 눈과 얼음으로 뒤덮인 풍경 속에서 나는 쏟아진 설탕 봉지를 바라보며 한참을 서 있었다. 누군가에게 선물 받았던 영어가 잔뜩 적힌 페퍼민트 차를 마시다 너무도 쓴 나머지 설탕 한 스푼을 넣으려던 것뿐이었다. 미끄러지듯 쏟아지는 설탕가루들을 바라보며 짧은 순간 이런 생각이 들었다. 누군가 하늘에서 커다란 설탕을 쏟았다면 그것은 반짝이며 아름다웠겠지만 하늘은 슬펐을 거라고.

창밖에는 눈이 오고 있었다.
현관에는 얼음이 얼어 있었다.

집 안에 서려오는 한기가 식어버린 내 마음을 아프게 했다.
당신에게는 달콤했을 눈송이가 내 마음을 시리도록 아프게 했다.

'딩동!'

무거운 트럭이 미끄러지듯 집 앞까지 달려와 초인종을 눌렀다. 한쪽 귀퉁이가 눈에 젖어 암갈색으로 변해 언제 터져버릴지 모르게 불안해 보이는 상자가 나에게 다가왔다. 조심스럽게 바닥에 내려놓은 상자 안에는 두꺼운 비닐포장으로 눈에 젖지 않게 꽁꽁 싸인 조그마한 상자가 하나 더 들어 있었다. 상자를 열자 앞에 'non-sugar'라고 적혀 있는 얼 그레이가 빼곡히 놓여 있었다.

달콤한 흰 눈이 내려오면 따듯하게 데워놓은 두꺼운 머그컵에서 몸을 흔들며 올라오는 하얀색 유령들과 나는 춤을 추려고 했다.

캄캄한 밤이 지나 유령들마저 식어 사라진 새벽이 되었다. 하얀색 눈송이는 내 마음을 얼어붙게 만들어 나는 덜덜 떨리는 몸을 웅크리고 잠이 들었다. 눈을 뜨면 따뜻한 욕조에 누워 내 마음을 녹여 버리자고 생각했다.

그리고 생각했다.

내 가슴은 저리도 작은 눈송이 하나 녹여줄 수 없는 걸까?

봄

지 금 도 그 래

지독했던 추위를 이겨낸 수줍은 노란색의 백합 한 다발을 손에 쥐어보고는 이내 숨어버렸다. 노란색 백합은 겨울 내내 얼어붙은 땅속에서 잠들어 있다가 처음에는 작은 싹을 살포시 내밀었을 것이다. 그리고 따뜻한 햇빛을 보자, 한 치의 망설임도 없이 고개를 들고 하늘로 날아가려고 날개를 펼치는 모습을 상상해보니 내 모습이 한없이 부끄러워졌다.

언젠가 생각한 적이 있었다. 방 한가득 백합을 심어놓고 잠들어 있는 내 얼굴에 누군가 한 방울 눈물을 흘려준다면 그렇게 슬프지는 않을 거라고.

옷장 문을 열어보니 퀴퀴한 냄새가 반갑게 내게 인사를 했다. 그 안에 들어 있던 커다란 상자들 속에서 처음에는 녹색이었던 네모난 조각이 하얗게 질려 이제 나는 목숨이 다 되었으니 편히 쉬게 해달라는 한마디 메시지를 보내왔다.

'이 글씨가 보이면 새 것으로 교체해주세요.'

긴 겨울 내내 울기도 많이 울었던 내 마음은 교체가 되지 않는 것일까?

어릴 적의 나는 조금은 두꺼운 겉옷을 걸치고 아직은 여전히 추워서인지 설레서인지 잘 모르는 마음으로 봄을 맞았었다. 그때의 희미한 추억의 냄새를 따라 방 한구석에 가끔 펼쳐보는 앨범을 꺼내자 그때의 나를 만날 수 있었다. 오래되어 끈적끈적해져버린 앨범 비닐들을 조심스럽게 떼어내어 누군가 찍어줬을 어릴 적 내 모습을 들여다보니 괜스레 눈물이 핑 돌았다.

지금도 그래요. 아직도 춥고 설레요.
라고 생각했다.

'따르릉~'

맡겨놓은 세탁물을 찾아가라는 전화가 왔다. 눈 밑까지 칭칭 감고 다녔던 보라색 목도리, 딱 한 번 끼고 나갔었던 촌스러운 벙어리장갑, 이제는 버릴 때도 된 모직코트 같은, 아직 겨울 냄새가 남아 있는, 조심스럽게 귀를 가져다 대면 들려오는 바다 깊은 곳 고래 울음소리 같은, 가슴 시리게 얼어붙었다 녹기를 반복한 눈물 자국의 옷가지들은 이제 희미하게 남아 있는 석유 냄새를 풍기며 커다란 비닐봉지들 속에 담겨 있었다.

그래도 두꺼운 옷 하나 정도는 꺼내봐야겠다는 생각이 들어 그중에서 가장 날씬해 보이는 겨울옷 하나를 옷걸이에 걸어놓았다.

상자들은 의외로 가벼웠다. 하나하나 상자 뚜껑을 열어 옷들을 꺼내어 아직 입기에
는 무리가 있겠다 싶었지만 욕심을 내어 정리해보기로 했다. 소매가 있는 화려한
블라우스는 제일 꺼내기 쉬운 옷걸이 아래쪽에 걸어놓기로 했다. 그다지 많이 입지
않을 것을 잘 알면서도.

하지 않을 것을 알면서도 하고 싶은 마음에 욕심을 냈던 일들은, 이내 사라져버려
기억조차 나지 않다가, 어느새 문득 떠올라 가슴을 아련하게 만든다.

봄을 보여주고 싶어 수줍게 고개를 들어 백합 사이로 얼굴을 내밀었다. 무릎까지
흘러내려오는 떨리는 마음은 설렜던 초등학교 입학식날 어린아이 같은 기분이 들
게 했다.

하지만 아직은 추웠다.
혹시 몰라 꺼내놓았던 얇은 겨울옷을 입어야겠다고 생각했다.

나를 보고 있나요?

아직도 준비가 되지 않았어요.

나를 기다리고 있었나요?

그렇지 않다면 기다려줘요.

나는 수줍게 용기를 내었지만 추운 겨울은 쉽게 지나가지 않네요.

대신 이 백합꽃들을 봐요. 얼어붙었던 땅속에서 나왔어요.

아름답지 않나요?

나와 어울리지 않나요?

혼자 상자들을 정리하다 만 채로 방 여기저기에 널려 있는 옷들을 바라보며 생각
했다. 시작도 끝도 알 수 없는 외로움도 함께 정리되지 않은 채 방바닥에 나뒹굴고
있었다.

위로는 충분해

꼭 다 읽고 싶은 책을 손에서 놓기 아쉬워 새벽 늦게까지 곁에 잡아두었다. 알람은 늦은 아침으로 맞춰놓았다. 책은 아직은 다 읽지 않은 채로 놓아두었다. 마지막 부분을 남겨놓고 불현듯 다 읽어버리기 아깝다는 생각이 들어 내일을 위해 아껴둔 것이다. 그리고 잠이 들었다.

그런데 알람이 울리기도 전에 왠지 모를 상쾌한 기분으로 잠에서 깨게 되었다. 오랜만에 느껴보는 햇빛의 따뜻함 때문일까?

〈오늘의 날씨 : 대체로 맑음〉

그래서인지 대충 머리를 묶고 얇은 겉옷을 손에 든 채로 집을 나섰다. 걸어서 20분 정도는 걸릴 것 같았던 꼭 가보고 싶었던 인근 등산로로 발걸음을 옮겼다. 그리고 막 등산로에 도착할 무렵 거짓말 같이 봄비가 내렸다.

포근했던 햇빛은 흐려진 하늘 위 어딘가에 떠다니고 있었지만 보이지 않았다. 오늘 이 비가 다 내리고 나야 비로소 완연한 봄이 될 것 같았다. 겨울에서 봄이 옴을 알리는 첫 번째 눈물을 맞고 있었던 것이다. 나는 아직은 준비가 되지 않았는데 하늘은 무심하게도 내리는 비로 마음을 흔들어놓으려고 했다. 봄이 되기가 이토록 힘들었을까? 하늘은 함께 울어달라고 말하고 있었다.

기쁨의 눈물일까? 슬픔의 눈물일까?

질퍽해진 흙 길을 돌아 다시 집으로 향했다. 빗방울이 차가운 바늘처럼 내 가슴을 아리게 저며 왔다.

'투두둑'

이제 막 태어난 작은 잎들 위로 빗방울이 무수히 떨어지는 소리가 들려왔다. 모두들 어떤 것에 대해 갈증을 가지고 있었을 것이다. 그리고 흔들리며 몸을 떨고 있는 잎들 사이사이에서 조금씩조금씩 아주 천천히 미끄러지듯 나를 둘러싸고 기어 나오는 것들이 있었다.

정지된 시간처럼. 나는 그렇게 가만히.

빠져나올 곳이 없을 정도로 많은 달팽이들이 내 주위를 둘러싸고서 할 말이 있다는 듯이 기다란 눈을 빼 들고 나를 쳐다보고 있었다. 딱히 목적지가 없는 여행자처럼 등에는 하나같이 커다란 안식처를 매달고서 갈 곳 없는 내 마음을 알아차린 듯한 눈빛으로 바라보고 있었다.

무수히 많은 것들이 빠르게 움직이는 동안 그들도 나처럼 천천히 아주 조금씩 움직이고 있었다.

날아다니는 새들이 부럽지는 않을까?

조심스럽게 길게 뻗어 나온 달팽이 눈가의 눈물을 닦아주려 손가락을 가져다 대었다. 달팽이들이 혼자 눈물을 닦아내는 데 오랜 시간이 걸리지 않을까 하는 측은한 마음이 생겼기 때문이었다.

나도 너희와 같은 마음이야.

하지만 놀랍게도 달팽이는 아주 빠른 속도로 눈을 피해버렸고 누군가의 위로도 필요 없다는 듯이 눈물을 닦아내고 더욱더 또렷한 눈망울로 나를 쳐다보았다.

미안해. 난 몰랐어.

그리고 이런 내 마음을 알아차렸는지 달팽이들은 하나둘씩 나를 위로해주듯 미끈거리는 몸뚱이로 기어오르기 시작했다.

미끈거려. 위로해주는 거야?

나도 모르게 눈물이 왈칵 쏟아졌다.

하늘에서 내리던 눈물은 어느새 그쳤는데 내 마음의 눈물은 더욱 거세게 흘러내리고 있었다.

고마워. 그치만 안 될 것 같아.

집에 돌아온 나는 흠뻑 젖어 방안까지 물을 뚝뚝 떨어뜨린 채 들고 왔던 외투를 침대 위에 던져두고 집을 둘러보았다.

따뜻했던 햇빛은 더 이상 없었다.

침대 위의 시트에는 하늘에서 시작된 눈물과 내가 흘린 눈물, 달팽이들이 위로해준 미끈거리는 눈물이 한데 뒤엉켜 축축하게 젖어가고 있었다.

일기예보를 믿는 게 아니었어.

보일러의 스위치를 온수전용으로 하려다 축축해진 방안을 둘러보고 이내 따뜻하게 방안을 데워놓기로 했다.

나도 집을 매달고 살아가고 있어.

그리고선 생각보다 뜨겁게 채워놓은 욕조 안으로 미끄러지듯 들어가 귀와 코를 손가락으로 틀어막고 물속으로 머리를 담갔다.

나는 따뜻한 곳으로 들어왔어.
그렇지만 여기도 숨 막히고 외롭기는 마찬가지구나.

얼마나 있었을까, 뜨거웠던 욕조 속의 바다는 어느새 식어버려 빨리 빠져나가고 싶었다. 샤워기의 물을 다시 뜨겁게 틀고 뿌옇게 김이 서린 거울을 손바닥으로 쓱쓱 닦아내기 시작했다.

그러자 거울 속에서 달팽이 한 마리가 보였다.

미끈거리는 하얀 몸을 차가운 벽에 기대고 커다란 외로움을 달고 사방을 두리번거리는 커다란 눈을 가진 달팽이 한 마리가 보였다. 힘을 빼면 한 순간에 미끄러져 떨어질 것 같은 모습으로 위태하게 매달려 있었다. 그리고 곧 뜨겁게 틀어놓은 샤워기의 수증기 때문에 거울은 다시 뿌옇게 흐려져 갔다. 다시 거울을 닦아내려고 거울 표면에 손끝을 가져가대었다 이내 그만두었다.

위로는 충분해.

나에게 속삭여줬다.
달팽이는 이렇게 되물어왔다.

정말 충분해?

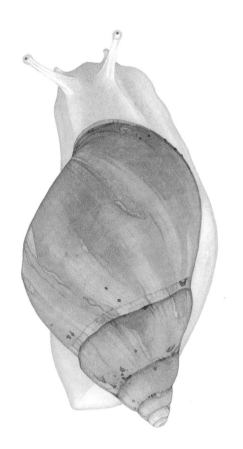

어디로 가는 거야?

6:55 PM

가만히 누워서 멀쩡히 흘러가는 시간을 구경하며 손톱 끝을 세게 깨물었다. 앞으로 1분이 지나면 나는 얼마나 변해있을까, 앞으로 1시간이 지나면 나는 얼마나 달라져 있을까, 이런 생각들을 하며 시간이 흘러가도록 내버려두었다. 물론 1분이 지나고 1시간이 지나도 나는 달라진 것이 아무것도 없었다. 서쪽 하늘이 조금은 불그스름하게 변해간 것과 허기가 조금 생긴 것뿐이었다.

어릴 적 꿈을 물어보면 훌륭한 사람이 될 거라고 대답했다. 정확히 무엇을 하고 싶었는지는 몰라도 이런저런 것들을 종합해보면 꽤 괜찮은 사람이 되어 있을 것이라고 생각했던 것 같다. 다만 시간이 걸릴 뿐 언젠가는 생각했던 모든 것들이 현실로 이루어져서 더 이상 꿈이 아닌 지겨운 현실처럼 변해 또다시 행복한 미래를 꿈꾸는 그런 시점이 오리라고는 생각하지 못했던 것 같다. 생각해보면 그런 미래의 한 부분이 나에게도 지금 일어나 있을지도 모른다. 사랑하는 사람들이 있고 사랑해주는 사람들이 있다. 다만 그와는 전혀 관계없는 나 자신에 대한 외로움이 근거 없이 떠올라 숨 막히게 나를 칭칭 감아버린다.

외로움에 질식해버릴 것 같아.

더 이상 깨물지 않아도 될 만큼 짧아진 손끝을 보았다.

그리고 어디선가 사각사각거리며 잎사귀 끝을 깨물고 꿈틀대는 애벌레 한 마리 위에 누워 있는 나를 보았다.

'사각사각, 사각사각'

나를 데리고 어디로 가는 거야?

애벌레는 까칠까칠하기도 하고 부드럽기도 한 자신의 등에 나를 업고 조용히 꿈틀거리며 어디론가 향해가고 있었다. 작은 입은 쉴 새 없이 오물거리며 잎사귀 끝을 갉아 먹고 있었다. 그 모습이 귀여워 한참을 들여다보다 문득 이대로 함께라면 포근한 꿈을 다시 꿀 수 있을 것 같았다.

얼마나 시간이 지났을까, 살며시 감았던 눈을 떠보았을 때 애벌레는 계속해서 앞으로 조금씩 나아가고 있었고 여전히 입을 오물거리고 있었다. 어디에 있는지 어디로 가는지 여전히 알 수는 없었다. 그리고 뒤를 돌아보았을 때 작은 감동이 밀려왔다. 애벌레는 나를 업고 비록 아주 고른 길은 아니지만 잎사귀를 조금씩 갉아 먹으며 지나온 길을 보여주고 있었다.

애벌레야. 나는 아무것도 하지 않았던 것 같지만 사실은 구불구불한 길을 천천히 걸어오고 있었던 거지?

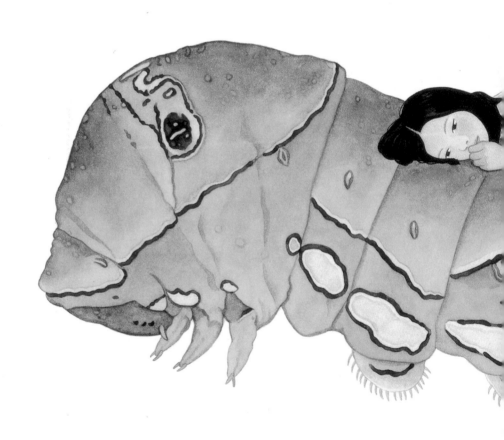

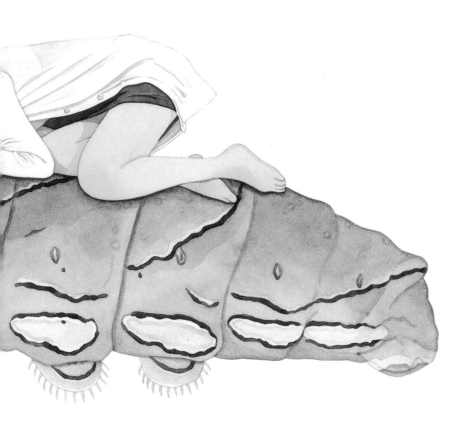

어디로 가는 거냐고 물어보지 않을게.
얼마만큼 갈 수 있냐고 물어보지 않을게.

애벌레는 조용히 눈을 감았고 깊은 잠자리에 들었다. 새근새근 고른 숨을 쉬고 있을 뿐 움직이지도, 더 이상 잎사귀를 갉아 먹지도, 앞으로 나아가지도 않았다.

새삼 지나온 길이 궁금했던 나는 애벌레 등에서 내려와 지나왔던 길을 걸어가 보기로 했다. 끝없이 길게 이어진 지나온 길에는 애벌레가 힘들게 걸어왔음을 보여주는 흔적들이 여러 곳에서 보였다. 커다란 잎맥을 넘지 못해 잎사귀 끝으로 조심스럽고 위태하게 돌아오기도 했고 또 다른 잎사귀로 넘어오기 위해 흔들거리고 거친 가지를 타고 온몸에 상처를 내면서 고비를 넘기기도 했다. 그럼에도 불구하고 애벌레가 지나온 길은 분명히 길게 이어져 있었다.

그리고 내 손톱을 다시 한 번 보았다. 너무 바짝 깨물어 여기저기 상처가 난 손끝에서 내가 보내왔던 시간의 흔적들이 어렴풋이 보이는 것 같았다.

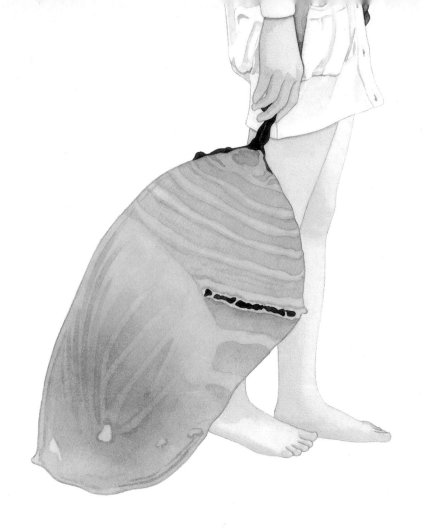

애벌레가 어디에서 왔고

어디까지 왔으며

어느 곳에서 잠이 들었는지 알게 되었다.

나는 돌아왔던 길을 또다시 되돌아갔다.

애벌레는 어디에서 왔고

어디까지 갔으며

어떤 곳에서 잠이 들었는지 알고 있기에

나는 그곳에 조심스럽게 애벌레를 놓아두기로 했다.

'똑딱 똑딱'

갑자기 시계 바늘 소리가 크게 느껴졌다.

6:56 PM

나는 1분이라는 시간 동안 가만히 누워 있었다.

7:56 PM

그리고 1시간이 지났다.
변한 것은 여전히 없지만 달라진 것은 있는 것 같았다.

애벌레는 아직도 잠을 자고 있을까?

나도 아직도 잠에서 깨지 않은 걸까?

어디로 가는 거냐고 물어보지 않기로 했다.
얼마만큼 갈 수 있냐고 물어보지 않기로 했다.

얼마나 왔을까?

구불구불한 비포장도로를 달리다 멈춰 섰다. 예전에 한 번 왔었던 길이다. 시간에 쫓기고 있던 때라 쉽사리 차를 멈추지 못하고 다음에 한번 꼭 다시 찾아와야지, 라고 생각했었다. 그리 멀지 않은 곳에는 울창한 산이 마을 주변까지 이어져 있었고 족히 100년은 되어 보이는 커다란 나무가 있는 그런 마을이었다. 500미터 정도는 이어져 있는 비포장 도로 한가운데 멈춰 섰다. 아슬아슬하게 차 두 대가 지나갈 수 있는 외길이었기 때문에 잠시 멈춰 있을 수 있는 시간은 많지 않았다. 오후 2시 정도가 막 지난 시간이었고 며칠 전부터 어느새 조금씩 땀이 나기 시작한 날씨였기에 흙 길은 습기가 많아 물컹거렸고 마치 조그만 늪 속으로 걸어 들어가는 기분이 들었다.

그냥 이대로 빨려 들어가 버릴까?

조심스럽게 발걸음을 옮겨 조금은 단단한 두렁으로 자리를 옮겨 심호흡을 크게 하고 그대로 뛰어 들었다.

'첨벙!' 하는 소리 대신 사뿐하게 커다란 연잎 위로 올라섰다. 연잎 위로 둥둥 떠 있자니 당장이라도 멀미가 날 것만 같았다. 마법의 양탄자를 타고 하늘을 거꾸로 날아가는 것 같았다.

1993년 여름,

물살이 그리 빠르지 않게 느껴지는 강가에서 커다란 튜브가 어서 빵빵하게 부풀어 오르기를 기다리고 있었다. 펌프 같은 장치가 없었던 터라 숨을 크게 들이마시고 조금씩조금씩 부풀려 나가야만 했다. 조금씩 튜브는 부풀어 올랐고 내 가슴속은 공기가 아닌 기대심으로 함께 부풀어 올랐다. 드디어 완성된 튜브를 허리춤에 끼어 잡고서 뒤뚱뒤뚱한 걸음걸이로 강가에 들어갔다. 그리고 튜브가 둥둥 떠 있는 것을 확인하고는 그 위로 팔을 걸치고 하늘을 바라보고 드러누웠다. 하늘은 맑았고 나는 그 속에서 구름과 함께 날아다니고 있었다. 생각보다 구름들은 빨리 지나갔다. 가끔은 난기류를 만나 흔들리는 비행기처럼 요동을 치며 흔들거리기는 했지만 그 정도는 감수하기로 했다.

얼마나 왔을까?

살짝 발을 땅에 대어보려 했지만 그저 물속에서 허우적거릴 뿐이었다.

개골개골

누구니?

개골개골

나와 닮았구나.

개골개골

너도 이 위에서 내려오지를 못하니?

개골개골

나도 그래. 나도 내려가기가 겁이 나. 또 발이 닿지 않을까 봐.

개골개골

너도 그렇다고? 그래도 다행이다. 나와 같아서 다행이야.

울고 있던 개구리는 연잎 위에서 홀짝 뛰어내려 유유히 헤엄을 치며 사라졌다.

나만 혼자 남아서 울고 있구나.
그렇게 수영을 잘하면서 울고 있었던 거야?
그렇게 쉽게 그칠 거면서 그렇게 슬프게 울고 있었던 거야?

연잎 위에 등을 대고 하늘을 봤다. 구름은 서서히 지나가고 있었고 햇빛은 따가웠
다. 난기류를 피해 유유히 헤엄쳐 나가는 마법의 양탄자는 물살 없는 연못 한가운
데 그저 둥둥 떠 있기만 했다.

그리고 그때 나를 부르는 소리가 들렸다.

'빠앙 빵~'

시끄러운 경적을 여러 번 울리며 얼른 자리를 비켜달라고 하는 파란색 트럭의 화
가 섞인 고함 소리가 들렸다.

1993년 여름,
허우적거리는 나를 누군가가 어깨 위로 잡아 올렸다.

아빠.

흠뻑 젖은 운동화는 질퍽해진 진흙을 밟으며 자리를 옮겼다. 축축해진 양말이 기분을 나쁘게 했다. 개골개골 소리를 내며 울고 있던 개구리도 괜히 얄밉게 느껴졌다.

나는 어릴 적처럼 하늘을 나는 마법의 양탄자를 더 이상 타지 못하는 걸까?

왠지 모를 서운한 생각이 내 튜브에 구멍을 내버렸다.

여름

지금은 완전히 혼자야

하루 종일 비가 내리고 있었다. 이제 막 장마가 시작되었다는 뉴스를 보았다. 언젠가부터 장마 기간보다 장마가 끝나고 비가 더 많이 내리는 것 같아 장마라는 이름이 무색하게 느껴졌다. 올해 여름은 특히 더 많은 비가 올 것이라는 예보를 들었다.

얼마만큼?

다행히도 며칠간 나에게 휴가를 주기로 하여 꼼짝하지 않고 집에 있을 수 있었다.

〈여름휴가〉

바지 끝자락부터 스며드는 축축한 기분이 나를 바닥으로 잡아 끌 것이 분명했다. 아무 데도 나가지 않겠다고 결심하기를 잘했다는 생각이 들었다. 그리고 분명 밖은 비에 흠뻑 젖어 슬피 우는 사람들의 흐느낌으로 도시 전체가 축축한 잿빛으로 가득할 것이라고 생각했다.

그치만 나도 한번쯤은 그 곳에 있어 보고 싶어.

라는 생각도 잠깐 스치고 지나갔다.

오늘은 무엇을 할까?

내일은 무엇을 하지?

무엇이든 하고 싶었다.

이렇게 혼자 있는데 무엇이든 해야 해.

조금은 멍하게 집안을 돌아다니다 한쪽 벽에 기대어 섰다. 여름이었지만 비가 많이
와서 그런지 벽에 기댄 등에서는 한기가 느껴졌다. 차갑지도 시원하지도 않은 조금
은 습하고 휑한 느낌이 들었다. 그 한기가 등을 뚫고 가슴까지 다가오는 데는 많은
시간이 걸리지 않았다. 밖에는 많은 비가 내리고 있었고 벽을 타고 전해진 울림이
내 가슴에도 비를 내리게 하려고 하는 것 같았다. 몸에 힘을 줘서 벽에서 떨어지고
싶었지만 좀처럼 쉽지가 않았다.

조금만 더 함께 슬퍼해주면 안 돼? 밖에 나가고 싶어 했잖아.

나와 함께 하고 싶구나.

내가 잠깐 들어가도 될까?

아니, 지금은 완전히 혼자야.

밖에는 비가 오잖아.

그치만 내 가슴에도 비가 내리고 있어.

밖에는 더 많은 비가 내리고 있어.

들어와도 소용없어.

그럼 여기서 이렇게 서로 등을 기대고 있을까?

그러는 게 훨씬 좋을 거야.

그럼 우린 함께 있는 거야?

아니, 지금은 완전히 혼자야.

등에서 시작된 한기가 가슴을 식혀 놓고 거기에도 모자라 온몸을 차갑게 만들고 있었다. 이제 그만 헤어져야 할 시간이라는 것을 알았다.

이제 안녕.

벌써?

응.

벽에서 떨어져 창문 밖을 봤다. 어느새 비는 그쳐 있었다. 아직 하늘은 어두웠고 언제 다시 비가 내릴지 몰랐다. 그리고 언제 다시 벽에 기대서게 될지도 몰랐다.

완전히 혼자는 될 수 없는 걸까?

한여름에 감기에 걸릴 수는 없다는 생각에 보일러를 제일 약하게 틀어놓았다. 그리고 아직은 따뜻해지지 않은 바닥에 누워 벽을 바라보았다.

벽은 언제나 따뜻했던 적이 없었던 것 같아.

그리고 아무것도 하지 않은 채 여름휴가는 끝이 났다.

괜찮을까?

한번쯤은 저 위로 올라봐야겠다고 생각한 적이 있었다. 2008년 한겨울, 마음속에 허기진 안개만이 가득할 때의 일이었다. 다행스럽게도 당시에는 추위 따위는 문제가 되지 않았다. 높은 곳에 올라가 차갑지만은 않은 상쾌한 공기를 마시고 싶었다. 남산에 오르는 입구에서 위를 올려다보니 커다랗게 솟아 있는 타워가 보였다.

1시간 정도?

두꺼운 코트 위에 두꺼운 목도리를 둘러매고 천천히 산을 오르기 시작했다. 길은 잘 다듬어져 있었고 중간 중간에 경치를 내려다볼 수 있는 장소도 마련되어 있었다. 가끔은 카메라를 손에 들고 사진 찍기에 여념이 없는 사람들도 보였고 촬영 중이었는지 커다란 방송용 카메라를 삼각대에 올려놓고 경치를 찍는 사람들도 있었다. 나무들은 모두 잎이 떨어져 앙상한 가지만 가지고 있었지만 함께 모여 있으니 풍성하게도 보였다. 한참을 올라 도착한 곳에는 꼭 잡고 놓지 않겠다는 다짐을 하는 자물쇠들이 여기저기 위태롭게 매달려 있었다.

나도 추억을 나눌 친구가 필요해.

곰 인형을 하나 사서 꼭 꺼안고 사진을 찍었다. 그리고 장갑도 끼지 않은 채로 곰 인형의 손을 잡고 커다란 타워에 기대어 앉았다. 바로 아래에서 올려다보니 커다란 우산 같기도 했고 기다란 버섯 같기도 했다.

많은 사람들 사이에 혼자 앉아 있자니 조금은 외로웠지만 내 손을 꼭 잡아주고 있는 곰 인형이 있었다. 그리고 하늘 위로는 커다란 우산이 혹시라도 내릴지 모르는 하얀 눈송이들을 막아주려는 듯 든든하게 솟아 있었다.

때마침 수없이 쏟아져 내리는 흰 눈 아래에서 하늘을 쳐다보니 커다란 버섯 하나가 차갑지 않은 하얀색 포자들을 날리며 우뚝 솟아 있었다.

문득 2008년의 겨울을 떠올려봤다.

역시나 많이 달랐다. 햇빛은 뜨거웠고 한겨울보다도 사람들은 없었다. 나뭇잎들은
무성했고 나무들은 이제 서로 함께 하지 않아도 외로워 보이지 않았다.

나만 똑같구나.

나는 곰 인형의 손을 한번 꼭 움켜쥐고서는 생각했다.

다시 올라가볼 필요는 없겠지.

예전에 방송용 카메라가 경치를 찍고 있었던 곳으로 가보았다. 아래를 내다보는 순간 하늘에서 수없이 많은 하얀색 가루들이 날려 왔고 온 도시를 뒤덮었다. 그리고 곳곳에 조그마한 버섯들이 자라나기 시작했다. 그 모습이 귀여워 곰 인형을 안아 올라 구경시켜주었다.

너도 한번 봐봐. 자, 무섭지 않아.

곰 인형은 무섭지 않은 듯 했지만 혹시라도 손을 놓쳐 떨어뜨리고 말까 봐 얼른 다시 품 안에 껴안았다. 그리고 다시 아래를 빼꼼히 내려다보니 조금 전보다도 더욱 무성하게 자라난 버섯들이 바로 발아래까지 올라와 있었다.

괜찮을까?

올라와 봐. 자, 무섭지 않아.

버섯이 말했다. 그리고 용기를 내서 조심스럽게 한 발짝 올려놓아 보았다. 보드랍고 매끈거리는 버섯이 내 발가락을 간지럽게 했다. 그리고 다시 한 발짝을 옮겨 버섯 위로 올라왔을 때 버섯들은 더욱 빠르게 자라 올라 나와 곰 인형을 하늘 높이 데리고 올라가기 시작했다. 너무 깜짝 놀라 하마터면 손을 잡고 있던 곰 인형을 놓쳐 버릴 뻔했다.

2008년 겨울에 기대 있었던 커다란 버섯을 만났다.

그때 눈을 내린 건 너였지?

그때 눈을 막아준 것도 나였지.

항상 이렇게 높은 곳에 있는 기분은 어때?

지금 기분이 어떤데?

글쎄.

나도 그래.

한참 동안 말없이 아래에 내려다보이는 도시들을 바라보았다. 누군가는 저 작고 조 그마한 건물에서 혼자서 살아가고 있을 것이고 누군가들은 저 작고 조그마한 건물 에서 북적이며 살아가고 있다고 생각하니 조금은 안심이 되었다. 모두들 그렇게 살 아가고 있구나 하는 생각이 들었기 때문일까? 그리고 하늘을 다시 한 번 올려다보 았다. 태양 반대편으로 희미하게 웃고 있는 달이 보였다. 마치 약속시간보다 한참 이나 일찍 나와 설레는 기대감을 내보이며 흐뭇하게 웃고 있는 것처럼 보였다.

저 위까지 올라갈 수 있어?

똑같을 텐데.

그럴까?

역시 그렇지 않을까?

그럼 그냥 여기서 바라보는 것이 좋겠네.

곰 인형을 안고서 다시 도시들을 내려다보니 조금 전 안심이 되었던 마음은 어느 새 사라져버렸다. 그러면서도 한편으로는 약간 편안한 마음도 드는 듯했다.

이제는 내려가도 괜찮겠지?

그렇게 간단하지 않아

시끄러운 소리에 잠에서 깨버렸다. 아무래도 어제 오후에 시작된 옆집 정원 관리 소리일 것이다. 옆집에는 70대 노부부가 살고 있는데 할아버지는 늘 헐렁한 티셔츠에 젊었을 적에는 꽤나 멋을 부리고 입고 다녔을 것 같은 양복바지를 양말 위까지 접어 말아 입고서는 부지런히 정원 가꾸는 일에 몰두했다. 가끔은 길게 호수를 빼서 오래되었지만 관리가 꽤 잘된 듯 보이는 흰색 자동차를 세차하기도 했다. 할머니는 할아버지만큼 바쁘게 움직이지는 않았지만 늘 정원에 나와 곳곳에 심어놓은 야생화들을 둘러보곤 했다. 그중에 붉은색 백합들이 예뻐 몰래 들여다보곤 했던 것들이다. 할머니가 할아버지에게 이것저것을 시키면 할아버지는 늘 투덜거리면서도 묵묵히 가서 잡초를 뽑거나 짐을 옮기거나 했다. 그리고 오늘 아침은 대대적인 정원 관리가 있는지 시끄러운 전기 톱 엔진 소리와 함께 여러 명의 아저씨들의 소리가 들려왔다. 아무래도 며칠 전에 뒷마당의 나무에 모여 이런저런 얘기를 나누었던 것을 보면 한참을 손을 안 대고 자라게 놔두었던 나무를 잘라내기로 한 모양이다. 그 나무의 가지들은 우리 집 정원까지 길게 뻗어 나와 노을이 질 때면 조금은 운치가 있구나 싶었던 나무였다.

그렇게 나무는 완전히 베어졌다.

나무가 베어지자 아까보다는 조용했지만 오랫동안 잔디 깎는 기계 소리가 들려왔다. 나는 잔디를 깎거나 정원을 가꾸는 일에는 전혀 소질이 없는 관계로 이런저런 잡초들이 정원을 뒤덮어 잔디들이 생존권을 보장해 달라고 외치는 소리를 그저 묵인하며 지내왔었다. 조금은 미안했지만 나도 어쩔 수는 없었다.

도망가자!

저쪽으로!

빨리빨리!

이 도랑을 지나서 철쭉나무들만 뛰어 넘으면 살 수 있어!

뛰어!

모두 움직여!

옆집은 어느새 조용해졌다. 할아버지와 할머니는 집안으로 들어간 것 같았고 일을 하던 아저씨들도 모두 돌아간 듯 보였다.

그런데 이 소리들은 뭐지?

그때, 옆집 정원 한쪽에서 철쭉나무들을 뛰어 넘어 우르르 몰려오는 메뚜기들과 마주쳤다.

이곳이면 안전해!

이사를 오던 첫 해에 샀던, 한때는 예쁜 분홍색을 뽐내던, 이제는 먼지가 뽀얗게 앉아버린 슬리퍼를 신고서 정원 한가운데로 성큼성큼 걸어갔다.

여긴 우리 집인데.

우리가 좀 있으면 안 될까?

그치만 모두가 갑자기 여기로 몰려오면 나도 곤란해.

여기는 풀도 많지만 벌레도 많아서 우리가 살면 너한테도 좋을 텐데.

그리고 이곳저곳에서 웅성대는 소리와 풀잎들이 움직이는 소리들로 한동안 귀가
멍해 졌었다. 메뚜기들은 이곳이면 안전하게 살아갈 수 있다고 생각했지만 내가 쉽
게 나오지 않자 모두들 웅성대며 긴급회의를 하는 것 같았다.

나도 망설여지기는 마찬가지였다. 정원에 나와서 딱히 하는 것도 없었지만 생각지도 않은 불청객들이 찾아와 이곳에서 지내겠다고 하니 어떻게 하면 좋을지 생각나지 않았다. 메뚜기들의 대표가 어제 찾아와 이런저런 일이 있으니 내일 모두 이쪽으로 이사를 와도 좋겠냐고 공손하게 물어보기만 했어도 나는 흔쾌히 허락을 했을지도 모른다. 하지만 모두들 이렇게 갑자기 찾아와 나를 당황하게 만들었다.

좋아. 그럼 이렇게 하자. 우리가 여기서 일을 할게. 조그만 벌레들도 내쫓을 거고 무성하게 자라나는 잡초들도 모조리 갉아 먹어줄게.

메뚜기 중 한 마리가 이렇게 얘기를 하자 또다시 사방에서 웅성거리는 소리가 들렸고 한쪽에서는 번쩍번쩍 뛰어 오르기도 했다. 나는 도대체 얼마만큼 많은 메뚜기들이 이쪽으로 넘어왔는지 알아보기 위해 눈을 크게 뜨고 주위를 둘러보았다. 하지만 메뚜기들의 모습을 찾기란 쉬운 일이 아니었다. 모두들 비슷한 색의 잔디나 잡초들에 매달려 꼭꼭 숨어 있는 것 같았다. 한 쪽에서 우르르 뛰어 오르면 그저 저쪽에 여러 마리가 모여 있구나, 라고 생각하는 수밖에 없었다.

좋아. 그럼 이렇게 하자. 우리가 여기서 일주일만 지내게 해줘. 그 사이에도 일은 할게. 조그만 벌레들도 내쫓을 거고 무성하게 자라나는 잡초들도 조금은 갉아 먹어 줄게. 그리고 우리는 저쪽 벼들이 자라고 있는 논으로 이사를 갈게.

그렇게 간단하지 않아.

어떻게 해야 할지 몰랐다. 사실 벌레들을 쫓아주고 잡초들을 정리해준다면야 특별히 손해보는 것도 없겠지만 이렇게 갑작스럽게 찾아와 잘 보이지도 않는 메뚜기들에게 선뜻 정원에 사는 것을 허락하기에는 어딘지 모르게 손해보는 것 같은 기분이 들었다. 그리고 매일 이렇게 웅성거리며 모여 다닌다면 단 일주일이라도 신경을 곤두서게 만들 것이라는 생각이 들었다.

안 되겠군. 모두 움직여!

도망가자!

이쪽도 안전하지 못하다!

빨리빨리!

어떤 결정도 하지 못하고 홀로 서 있는 나를 뒤로하고 메뚜기들은 크게 뛰어올라 아름다운 곡선을 그리며 멀리 사라져버렸다.

망설이는 동안 사라져버린 것들이 얼마나 많았을까?

예쁜 분홍색이 보고 싶어 슬리퍼의 먼지를 조금 털어내고 한쪽 벽에 나란히 세워 두었다. 정원에는 무성한 잡초들이 안도의 한숨을 내쉬었고 잔디들은 여전히 불만 섞인 목소리로 외치고 있었다.

다행이야

여름은 여름이었다. 작은 물방울이 목 언저리에서 시작해 어깨를 타고 내리다 옆구리를 간질이며 미끄럼치듯 내려왔다. 잠깐의 간지러움이 더위를 잊게도 했지만 이내 다시 갈증이 느껴졌다. 어제 저녁 모두 비워버린 것을 깜빡 잊고 1시간 전에야 얼려놓은 얼음을 확인하러 냉동실 문을 열었다. 그러자 냉동실 문 선반에 놓여 있던 비닐봉지에 싸여 꽁꽁 얼어붙은 무언가가 아슬아슬하게 오른쪽 발을 비켜 바닥에 떨어졌다. 적당히 자리를 만들어 얼어붙었던 것이 무엇인지 확인도 해보지 않고 다시 냉동실 어딘가로 넣어버리고 나서 얼음들을 확인했다. 아직 완전히 얼지는 않았지만 그런대로 갈증을 달래줄 수 있을 것 같았다. 얼음들을 얼음 통에 쏟아 붓고 나서 보니 얼음 속에는 아직 작은 물방울이 흔들리고 있었다. 다시 얼음들을 적당히 움켜쥐고서 투명한 유리컵 안에 집어넣었다. 딸깍 딸깍 거리며 컵에 부딪치는 소리가 왠지 듣기 좋아 몇 번을 흔들어보았다. 맑기도 하고 어떻게 들어보면 둔탁하기도 한 소리가 퍽이나 마음에 들어 컵 위를 손으로 막고 몇 번을 더 흔들며 귀에 가까이 가져다 대어보았다. 몇 개의 얼음은 흔들림을 이겨내지 못하고 깨져버려 그 속에 들어 있던 물방울이 쏟아져 나왔는지 어느새 찰랑거리는 소리도 함께 들려왔다.

찰랑거리는 소리가 갈증을 달래주는구나.

그리고 탄산수와 언제 열었는지 기억이 나지 않을 만큼 오래된 럼을 한잔을 따라 섞어 놓고 그 위에 블루 큐라소 몇 방울을 떨어뜨렸다. 빨대 끝을 움켜쥐고 휘휘 저으니 소용돌이가 생기며 푸른 바다가 눈앞에 펼쳐졌다.

돌고래 한 마리가 나를 찾아왔다. 길을 잃었는지 슬픈 눈으로 내게 다가왔다. 언젠가 TV프로그램에서 돌고래들은 사람과 친구가 될 수 있다고 들었던 적이 있었다. 배를 타고 바다를 달리다 보면 어느샌가 돌고래 무리가 다가와 함께 수영을 한다는 이야기도 함께 들었다.

어디서 왔니?

돌고래는 예뻤다. 매끈하고 통통한 몸을 가지고 귀여운 몸짓으로 내 주위를 빙빙 돌아 인사를 해왔다. 가끔은 신기하게도 입으로 동그란 도넛 같은 물방울을 만들어 내게 날려 보내기도 했다. 돌고래를 손으로 한번 만져보고 싶다는 생각이 들었다. 매끈하고 부드러운 감촉이 꽤나 좋을 것 같았다. 그러다 이내 돌고래의 슬픈 눈과 마주치고 손을 거두었다.

친구가 필요하니?

주위를 둘러보았지만 다른 돌고래들은 보이지 않았다. 넓은 바다 속에 있는 것이라고는 나, 나와 마주보고 있는 어린 돌고래 한 마리뿐이었다. 그리고 우리를 둘러싼 고요한 바다만이 있었다.

길을 잃었어.

얼마나 혼자였니?

글쎄, 언제부터였는지 기억이 나지 않을 만큼 오래된 것 같아.

미안해.

왜 사과하는 거야?

돌고래는 그동안 나를 찾기 전에 돌아다녔던 바다 이야기들을 들려주었다. 단지 길을 잃고 헤매다 나를 발견한 것이라고도 말했다.

바다와 너의 이야기를 더 들려줘.

돌고래는 100마리 정도 되는 비교적 작은 무리와 함께 따뜻한 바다를 찾아 이동하고 있었다고 했다. 간혹 어디로 가는지도 모르고 그저 무리들을 따라 끝없이 헤엄치고 있노라면 너무 답답해 바다위로 껑충껑충 뛰어 오르기도 한다고 했다. 그러다 보면 바다 속이 아닌 하늘색 또 다른 바다를 보게 되기도 하고 그 속에서 자기와 꼭 닮은 거대한 하얀색 돌고래를 만나기도 한다고 했다. 하얀색 돌고래를 만나는 날은 정말 운이 좋아야 하며 대부분은 아무것도 없는 하늘색 바다만이 고요하게 있을 뿐이라고 했다. 가끔은 하늘색 바다에서 거꾸로 물줄기가 쏟아져 내릴 때면 그 물줄기를 타고 하늘색 바다로 올라 하얀색 돌고래를 찾아 갈 수 있지 않을까 하여 열심히 뛰어 올라보기도 했지만 좀처럼 쉬운 일은 아니라고 했다.

나도 그래. 나도 정말 많이 노력했어.

그렇게 한참을 뛰어 오르다 보니 어느새 혼자가 되어 있었고 나머지 돌고래 무리들을 이미 놓치고 난 후라고 말해줬다.

조용한 대화가 끝난 것은 바로 그때였다. 홀로 떨어져 나온 어린 돌고래를 찾아 왔는지 여러 마리의 돌고래들이 긴 울음소리를 내며 헤엄쳐 다가오고 있었다.

너를 찾느라 많이도 울었나 봐.

돌고래들은 어린 돌고래를 찾은 반가움에 약간의 현기증을 느낄 만큼 빠른 속도로
이리저리 헤엄치며 바다 속을 어지럽게 했다.

좋겠다. 이렇게 좋은 친구들이 많아서.

친구가 많다는 것은 외롭지 않다는 것일까?

문득 어릴 적 학교에서 다 같이 뛰어 놀다가 집에 돌아올 시간이 되자 집의 방향이 다른 나만 홀로 떨어져 나와 활짝 웃으며 손을 흔들고 외롭게 집에 돌아오곤 했던 기억이 났다. 아이들은 서로의 가방을 붙잡고 매달리며 큰소리로 깔깔거리기도 하며 멀어져갔던 모습이 언뜻 스치고 지나가기도 했다.

지금 내게 친구가 되어주었던 어린 돌고래도 이제 친구들이 찾으러 왔으니 다시 떠나가겠지.

어린 돌고래는 여러 마리의 돌고래들 틈 사이에서 헤엄쳐 다니고 있었다. 조금 전까지 바다 이야기를 들려주었던 것은 까마득하게 잊어버린 것 같아 조금은 서운한 마음이 들었다. 그런데도 웬일인지 신나 하는 어린 돌고래를 보고 있자니 이 아이에게는 하얀색 돌고래보다 더 값진 무언가를 이미 찾은 것 같아 대견하기도 하고 흐뭇하기도 한 기분이 들었다.

다행이야.

돌고래들은 길게 떼를 지어 내 주위를 빙빙 돌며 헤엄치고 있었다.

그리고 어느새 투명하던 유리잔에는 아주 작은 얼음 조각만이 식어버린 바다 속을 헤매며 빙글빙글 돌아다니고 있었다.

참 이상하지? 조금 전까지는 우린 함께였는데.

냉동실에 얼음을 다시 얼려 놓는다는 것을 또다시 깜빡한 나는 아쉬운 마음으로 또 언제 다시 찾을지 모를 럼의 뚜껑을 꼭 닫아 놓았다.

그리고 바다는 다시 고요해졌다.

그래도 후회는 없겠지?

지금 오는 게 아니었다는 생각이 들었다. 예상은 했었지만 이렇게 많을 줄은 모르고 있었다. 원래 예정에 없었고 갑자기 충동적으로 떠나오게 된 지금에서 후회는 소용없다고 생각했지만 조금 짜증이 밀려온 것은 사실이었다.

김포공항에서 제주도로 가는 국내선 비행시간에 늦지 않게 부지런히 준비를 했다. 비행기 출발 시간과 도착 시간, 렌터카 확인과 미리 예약해놓은 호텔에 전화를 걸어 오늘 오후에 도착할 예정이라고 말해놓는 것도 잊지 않았다. 원래는 남해안을 보러 갈 생각이었지만 혼자 떠나는 여행인데 이왕이면 육지를 벗어나보자는 생각이 들었다. 그리고 비행기 표 값도 생각보다 저렴했던 것이 마음을 움직였다.

그리고 제주도에 도착하자 나는 후회를 했다. 예상은 했었지만 공항에서부터 가득 찬 사람들로 현기증이 날 것만 같았다. 간신히 정신을 차리고 주차장으로 도망치듯 발걸음을 옮겼다. 5번 게이트에서 길을 건너고 버스들이 서있는 곳에서 노란색 미니버스를 찾아야 했다. 노란색 미니버스에서 이런저런 사인을 하고 타라고 하는 자동차에 몸을 싣고 무작정 가까운 해변으로 차를 몰았다.

일단은 벗어나자. 바다, 바다를 만나야 해.

10분 정도를 달리다 보니 정말로 바다가 보였다.
바다는 정말로 가까운 곳에 있었다.

2010년, 이제 막 봄이 시작되려고 할 무렵이었다. 정확히 말해서 달력에 쓰여 있는 계절상의 봄이었지만 날씨는 무척이나 추워 두꺼운 코트를 입고 있었다. 도시의 생활에 지쳐버릴 대로 지쳐버려 도망을 가야겠다고 생각했다. 안정적인 생활이 다가오려고 하자 본능적으로 답답함을 느꼈었다.

이대로는 안 돼. 이대로 가다간 모든 걸 포기해버릴 만큼 편해져버려 아무리 발버둥 쳐도 소용없는 일상들이 나를 뒤덮어버릴 거야. 도망가야 해.

지루해, 떠나고 싶어.
여기와는 완전히 다른 곳으로.

사람들로 북적대는 도시 한복판에서 이렇게 생각하고 이사 준비를 서둘렀었다.

안정적인 것들이 나를 무기력하게 만드는 것일까?

학교생활에 대한 기대감이 모조리 사라져버릴 즈음 더 이상 학교에서는 배울 게 없다는 조금은 미련한 생각에 학교생활을 소홀히 했던 적이 있었다. 똑같은 삶이 내게는 벅차게만 느껴졌었다. 솔직한 심정으로는 이렇게 안정적으로 편안하게 살아갈 수 있을 자신이 없었다. 이상하게도 내게는 그랬다.

그리고 나는 지금 제주도에 와 있다.

이름 없는 해변에는 다행히도 사람들은 많지 않았다. 사방이 바다니 굳이 이름 없는 해변을 찾지는 않겠지, 라는 생각이 들어맞아 현기증이 났던 머릿속이 조금은 편하게 느껴졌다. 보드랍고 가는 하얀색 모래 대신 거칠고 어두운 색의 모래들이 발가락 사이를 세게 파고들며 억지로 간지럼을 태웠다.

미안하지만 그럴 필요는 없어.

저 멀리에는 빨간색 등대가 서 있었고 그 앞에는 사이 좋아 보이는 중년 커플이 사진을 찍고 있었다. 아마도 아이들을 떼어놓고 여행을 왔거나 이제 막 사랑을 시작하는 사이 정도로 보였다. 그 사이가 무엇이든 지금 그들의 모습은 꽤나 괜찮게 보였다. 그들을 뒤로하고 바다를 향해 조금 앞으로 다가가보기로 했다. 어두운 모래들은 여전히 간지럼을 태우기 위해 더욱 세게 파고들었지만 발바닥이 따끔거려 모래들을 대충 털어내고 신발을 신었다.

그럴 필요 없대도.

조금 바다를 향해 다가온 것뿐인데도 바다의 냄새를 더 강하게 느낄 수 있었다. 여기까지 온 보람은 조금 있다고 생각하였다. 한여름, 시원한 바다의 냄새, 텅 빈 해변 등이 마음에 들었다. 욕심을 내어 신고 있던 신발을 다시 벗어 던지고 밀려오는 바다들을 맞아보기로 했다. 모래들에게 내 변덕에 대해서 사과하는 것도 잊지 않았다.

흰색 거품을 품은 바다를 발목 정도까지 밀려오게 담그고 나서 다시 조금 더 들어
가보려고 움직이려는 순간 발바닥에 이상하게 부드럽고 말랑거리는 느낌이 들었다.

모래들도 변덕을 부린 게지.

순간적으로 뒤로 물러나 아래를 들여다보니 바다도 깜짝 놀랐는지 재빠르게 뒤로
물러났다. 그리고 거칠고 어두운 모래 위에는 이제는 투명한 광채를 잃어가는 해파
리 한 마리가 남아 있었다.

해파리는 마지막 힘을 다해 말했다. 바다가 지겨워 파도를 따라 새로운 곳으로 와 보니 거친 모래로 온몸은 상처가 나게 되었고 더 이상 빛나던 투명한 광채는 사라 져버리게 되었다고 말했다. 마지막 말을 들어줄 수 있는 사람을 만나게 되어 다행 이었다고 말해줬다. 그리고 다시 찾아온 하얀색 파도들은 해파리를 데리고 유유히 사라졌다.

신발을 신고 해변을 빠져 나와 자동차에 시동을 걸었다. 호텔에 도착한 나는 따뜻 한 물로 아직 남아 있는 까칠까칠한 모래들을 씻어냈다. 하수구를 통해 쓸려 내려 가는 모래들을 바라보았다. 언젠가는 다시 바다로 돌아갈 날이 있을 거라고 위로했 다. 모두 돌아갈 곳으로 돌아가고 있었다. 피곤한 몸으로 잠이 든 후에 일어나서 짐 을 다시 챙기고 노란색 미니버스를 찾아가고 5번 게이트를 통해 공항으로 들어가 비행기를 탈 것이다. 그리고 나는 다시 내가 있던 곳으로 돌아가 있을 것이다. 아무 것도 변한 것 없이 모두 각각의 제자리로 돌아와 있을 뿐이었다.

그래도 후회는 없겠지?

집으로 돌아온 나는 왠지 모르게 마음이 편안했다.

이 게 좋 겠 어

딱 하나만 고를 수가 있었다. 커다랗고 구불구불한 마법지팡이를 들고 긴 수염을 기른 나이든 마법사는 내게 여기 있는 것들 중에 딱 하나만 선택할 수 있고 맛볼 수 있다고 얘기했다. 일종의 게임 같은 것이었다. 나이든 마법사는 슬쩍 웃어 보이며 내가 어떤 것을 고를지 관찰하고 있었다. 물론 정해진 규칙은 없었다. 단지 딱 하나만 골라서 맛보면 그만인 게임이었다. 늙은 마법사는 어떠한 힌트도 주지 않았고 그저 기다리고 있을 뿐이었다.

끝이 보이지 않을 정도로 넓은 과수원에는 드문드문 키는 그리 크지 않았지만 널찍해 보이는 나무들이 있었다. 달콤한 향기가 온 사방에서 나를 잡아 끌어당기고 있었고 어디에서 시작된 것인지 알 수 없을 정도로 온 공기를 휘감고 있었다. 어른들은 저 멀리 어딘가에 자리를 잡고 앉아서 이런저런 이야기를 나누며 쉬고 있었고 나는 혼자 기다란 작대기를 하나 쥐고서 괜히 땅을 쿡쿡 찔러보기도 했고 과수원 이곳저곳을 뛰어 다니며 코를 킁킁거려 보기도 했다.

딱 하나만 먹어봤으면.

비가 많이 내렸던 터라 땅에 떨어져 물러버린 복숭아들을 제외하고는 아직은 완전히 익지 않았다면서 마음대로 복숭아를 따거나 하면 안 된다고 했다. 어린 마음에 나무들은 정말 많았고 그중에 딱 하나쯤은 따 먹어도 괜찮겠다고 생각한 나는 어른들이 보이지 않는 곳까지 뛰어가 그 하나를 고르기 시작했다.

이제 시간을 정해줘야겠군.

잠깐만요, 금방 고를 수 있어요.

내가 기다리기가 지쳤구나.

잠깐만요. 이거, 이거로 할게요.

정말 그거로 할 거니?

네, 이게 좋겠어요.

나이든 마법사는 지팡이를 휘두르고 펑! 하는 소리와 함께 사라졌다.

드디어 가장 맛있어 보이는 복숭아를 하나 고른 나는 작대기를 휘휘 저으며 복숭아를 따보려고 했다. 처음에는 잘 되지 않았지만 가지 끝을 세게 휘둘러 쳤더니 툭 하고 복숭아가 떨어졌다. 나는 얼른 복숭아를 집어 들고서는 옷에 쓱쓱 문질러 땅에 떨어질 때 묻은 흙을 대충 닦아내고서는 크게 한입 베어 물었다.

향기롭게 빛나던 복숭아는 장난이라도 하듯 내 입을 떫은맛으로 마비시켜버렸고 나는 얼굴을 찌푸리며 퉤퉤 뱉어내버리고 나서 그대로 울어버렸다.

내가 잘못 고른 탓일까?

그저 달콤한 향기에 속은 것뿐일까?

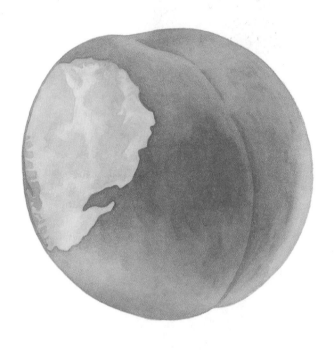

과일 트럭 뒤에 한참을 서서 어떤 것을 골라야 할지 몰라 망설이던 나에게 기다리다 지쳐서인지 과일가게 할아버지는 그럼 한번 맛이나 보라면서 손으로 살짝 누르면 조금은 말캉하게 움푹 펠 정도로 잘 익은 복숭아 하나를 건네줬다. 대신 맛있으면 꼭 여러 개를 사야 한다고 웃으면서 강조하여 말했다.

달콤하고 향긋한 과즙이 입안에 퍼졌다.

한입 베어 문 복숭아가 너무나 맛있어서인지 어느새 내 손에는 한 손으로 들기에는 무거울 정도로 많은 복숭아들을 들고 있었다.

나이든 마법사는 펑! 하고 사라지면서 힌트를 하나 남겨주었을 지도 모른다. 잘 기억은 나지 않지만 어른들이 내게 해줬던 충고와 비슷했을 것 같다.

알 리 가 없 잖 아

미세한 울림이 내게로 전해왔다. 투명하고 조그마한 유리병 속에 갇혀 하루에도 수백 번씩 방향을 바꾸며 갈 곳을 찾아 떠다니는 선홍색 금붕어의 미세한 울림이 스치듯 전해왔다. 너무 얇아 투명하기까지 한 금붕어의 부드럽게 날리던 옷자락의 춤사위가 화려하기까지 한 슬픔을 노래하고 있었다.

이야기를 하나 해줄까요?

금붕어는 또다시 옷자락을 내 가슴에 휘감으며 이야기를 시작했다.

옛날에 한 어부가 낡고 조그마한 나룻배에 걸터앉아 대나무로 만든 얇은 낚싯대를 다듬고 있었어요. 그 어부는 잡은 물고기들을 내다 팔지도 않았고 그저 잡았다가 풀어주기를 반복하는 사람이었죠. 그래서 물고기들은 두려움의 대상은커녕 그저 그를 대수롭지 않은 사람으로 여겨왔어요. 어떤 물고기들은 사람을 한번 물 밖에서 만나보고 싶어서 일부로 바늘을 힘껏 물어 당기기도 했어요. 그러던 어느 날 어부가 끌어당긴 낚싯줄에는 해질녘의 노을에 반사되어 너무나도 아름답게 반짝이는 물고기가 바늘을 물고 있었어요. 어부는 그 물고기가 너무도 아름답고 놀라워 가지고 온 입구가 넓은 새하얀 도자기에 연못의 물을 채우고 나서 물고기와 함께 담아 집으로 가져갔지요. 어부는 다음 날부터는 낚시를 하지 않았어요. 그저 집에서 도자기에 담긴 물고기를 바라보는 일이 전부였어요. 물고기는 춤을 추며 헤엄쳐 다녔어요. 다음날도 또 춤을 추었고 그 다음날도 또 춤을 추었어요.

금붕어는 이렇게 말하고 나서 긴 옷자락을 축 늘어뜨렸다가 또다시 아름답게 휘날리며 헤엄쳐 다가왔다.

그리고 다음은 어떻게 됐게요?

생각해보니 나는 자연의 물 속 어디에서도, 실제로 살고 있는 금붕어들을 본 적이 없었다. 그저 조그마한 어항에 갇혀 있는 모습만 봐 왔었다. 어디에서 태어나고 어떻게 자라왔는지 한 번도 보지 못했고 알려주는 사람 또한 없었다. 그저 아름답게 춤을 추며 헤엄치는 금붕어들의 슬픈 춤사위만을 보아왔을 뿐이다.

금붕어는 계속 이야기를 이어갔다.

물고기는 지치지도 않았어요. 계속해서 춤을 추었어요. 하지만 어부는 물고기가 춤을 추는 이유를 알지 못했지요. 단지 그 모습이 아름다워 마을 이곳저곳을 돌아다니며 물고기를 사람들에게 보여주며 자랑했어요. 이렇게 아름답게 춤을 추는 물고기를 본 적이 있냐면서 자랑거리로 삼았죠. 그런데 사실 물고기는 춤을 추는 게 아니었어요.

날 놓아줘요! 너무 답답해. 내가 있던 곳으로 돌아가고 싶어요!

물고기의 외침을 어부는 들을 수 없었고 그렇게그렇게 물고기는 마을 이곳저곳을 돌아다닐 수밖에 없었던 것이에요.

내가 너를 살던 곳으로 데려가줄게.

그치만 난 어디에서 왔는지 모르는 걸요.

금붕어는 이렇게 한마디 말을 남기고 내 가슴을 뚫고 지나갔다. 가슴속에서 미세하게 울리던 그 울림은 이제 가슴 한구석을 강하게 파고 들어와 구멍을 내어버렸다. 나는 갑자기 화가 나서 금붕어에게 소리쳤다.

이제 그럼 그만해도 되잖아!

금붕어에게 소리치고 나서 뒤를 돌아보니 긴 지느러미와 꼬리를 흐느적거리며 멀어져가는 애처로운 붉은색 물고기 한 마리의 모습을 바라보며 한없이 미안한 마음이 들었다.

알 리가 없잖아…… 나도 모르겠는 걸……

시간이 지나 언제부터였는지 기억할 수 있을까?

내가 지금 울고 있고 이유.

그리고 언제인지 알 수 있을까?

내가 아름답게 춤을 출 수 있는 날.

조금만 더 가까이

부끄러운 듯 길고 매끄러운 다리를 조심스럽게 올려 다가갔다. 수면 위의 일렁임은 거의 없었다. 작은 파장이 얇은 발목에서 시작되어 서서히 퍼져나갈 뿐이었다. 동그란 눈동자는 맑게 빛났고 얼굴은 수줍게 달아올랐다.

천천히, 놀라지 않게.

무더위가 조금은 사그라질 무렵이었다. 길게 뻗은 다리로 수면 아래를 유심히 지켜보고 있던 홍학무리들은 딱히 무엇을 하는지는 몰랐지만 천천히 움직이고 있었다. 깃털 전체가 붉은 물감으로 물을 들인 듯 매혹적인 모습일 것이라는 생각과는 반대로 홍학들은 옅은 색의 깃털을 지니고 있었다. 오히려 그 옅은 색 깃털 때문에 다리와 부리가 더욱 붉게 보였다.

커다란 울타리를 넘으면 넓은 공터가 있었다. 공터에는 이런저런 버려진 가구들이나 나무 상자들이 어지럽게 놓여 있었다. 최대한 소리가 나지 않게 조심스러운 걸음걸이로 천천히 다가갔다. 나무 상자들 틈에서 바스락거리는 소리들이 났다.

'야옹'

그 곳에는 고양이들이 아주 많았다. 완전한 무리를 지어 곳곳에 숨어 있었다. 고양이들 중에는 아주 어린 새끼 고양이들도 꽤 많았다. 내가 이렇게 높은 울타리를 넘어서 들어온 이유는 여기에 있었다. 이제 막 태어난 지 얼마 되어 보이지 않는 새끼 고양이들이 사람이 없을 때는 공터 이곳저곳을 돌아다니며 서로 엉켜 놀고 있는 것을 멀리서 보았기 때문이다. 그 모습이 얼마나 귀여웠던지 가까이에서 한 번 보고 싶었다. 운이 좋다면 작은 손으로 작은 몸통을 한번 쓰다듬을 수도 있을 것 같았다. 하지만 내가 아무리 조심스럽게 다가가도 고양이들은 어떻게 알아채고서는 잽싸게 나무 상자나 버려진 가구들 틈으로 도망가버렸다. 가까이 다가가면 어미 고양이들이 날카로운 이빨을 드러내고 무서운 소리를 내어 더 이상 가까이 다가갈 엄두는 내지 못했다. 다시 울타리 가까이로 돌아와 고양이들이 나타나기를 한참을 기다렸다가 겁 없는 새끼고양이들이 공터로 나오면 나는 또다시 살금살금 다가갔다. 역시나 헛수고였다. 그렇게 해가 질 무렵까지 고양이들을 구경하다가 문득 뒤를 돌아보니 한참 동안 나를 찾아다닌 화가 난 엄마의 모습이 보였다. 초등학교 3학년이었던 나는 호되게 꾸중을 들었고 코를 훌쩍이며 엄마의 옷자락을 붙잡고 집에 돌아갔었다.

비단 잉어들은 거의 보이지 않을 만큼의 작은 일렁임을 어떻게 알아차리고서 쏜살같이 헤엄쳐 홍학들에게서 멀어졌다. 그리고서는 아무 일도 없었다는 듯이 유유히 헤엄치며 홍학들 주변을 왔다 갔다 헤엄치고 있었다.

더 가까이서 보고 싶어.

나는 길게 처있는 나무 울타리를 뛰어 넘어 가장 커다란 홍학의 날개 위로 올라가 앉았다. 얼마나 높았는지 중심을 잡기조차 힘들었다. 홍학이 한 발짝 걸음을 걸을 때마다 아주 느렸지만 크게 위아래로 흔들렸다. 수면 위에서 아래를 내려다보니 수면 아래에는 자세히는 보이지 않았지만 비단 잉어들이 투명한 물속에 물감을 타 놓은 듯 아름다운 그림을 그리고 있었다.

조금만 더 가까이.

홍학은 다시 부끄럽게 한발을 내디뎠다. 물감들은 홍학의 다리를 따라 옆으로 퍼져 나갔다. 비단 잉어들은 자리를 바꾸어 또 다른 그림을 그리고 있었고 그 탓에 물감들은 물속에서 서로 엉켜 조금 전보다 더욱 알아보기 어려운 그림을 그리고 있었다. 아무리 애를 써도 조금도 가까워지지 않았다. 오히려 움직이지 않고 한동안 가만히 서 있으면 비단 잉어들은 바로 아래까지 다가와 얇은 발목에 간지럼을 피웠다.

더 이상 가까이 다가가지 않는 것이 좋겠어. 그냥 여기서 비단 잉어들이 그려놓는 아름다운 그림들을 지켜보는 게 어떨까?

홍학은 알았다고 말하고서는 비단 잉어들이 피우는 간지럼에 얼굴을 붉혔다.

다가가지 않으면 가까이 왔다가 다가가려고 하면 멀어지는 이유는 뭘까?

그저 가까이서 귀여운 새끼 고양이를 보고 싶었다.

그리고 그저 가까이서 간지럼 피우는 비단 잉어들과 함께 그림을 그리고 싶었다.

가을

조금은 외로운 것 같아

우연히 만났던 날을 기억해?

도로는 한적했다. 간혹 보이는 몇 대의 자동차들만이 조용한 바람을 일으킬 뿐이었다. 왼쪽으로는 길게 이어진 강이 보였다. 창문을 조금 열어 붉게 물들어가는 하늘을 바라봤다. 제법 시원하기까지 한 바람이 창문을 통해 들어왔다. 소리는 잘 들리지 않았지만 흐르는 강물 소리가 들리는 것만 같았다. 차분히 흐르는 강물은 자동차를 더욱 느리게 만들었다.

이때 만나게 된 거야.

유혹하듯 손을 흔드는 모습에 조심스럽게 갓길에 차를 세우고 살포시 들어 올려
쥐어봤다.

이제 곧 가을이 올 거야.

잠에서 늦게 일어났어.

너무 늦지는 않았어?

응, 아직은 괜찮은 것 같아.

하마터면 기억 못할 뻔했어.

응, 지금이 아니었으면 못 만났을지도 몰라.

붉게 물든 하늘과 강물보다도 더 진한 붉은 빛의 꽃 한 송이를 만난 것은 이제 막 여름이 지나갈 무렵이었다. 지난해 여름이 막 시작되려고 했을 무렵 도로 한쪽으로 무수히 피어 있는 양귀비꽃들을 본 적이 있었다. 사실 봄이니까 꽃이 피었구나, 라는 정도로 지나쳤었다. 그리고 오늘, 노을이 붉게 물든 늦은 시간에 우연히 다시 만나게 된 것이다.

그럼 다른 꽃들이 한창 피어 있을 때 너는 계속 잠을 자고 있었겠구나.

응, 아마도 그랬던 것 같아.

붉은 양귀비 꽃 한 송이는 아직은 괜찮은 것 같다고 했지만 이내 너무 늦게 잠이 깬 것은 아닐까 걱정이 되었다.

이제 다른 꽃들은 다시 잠이 들었을 텐데.

응, 아무도 없는 것 같아.

심심하지는 않니?

응, 그렇지는 않아.

외롭지는 않아?

응, 아직은 그렇지는 않아.

양귀비꽃은 괜찮다고 했지만 이렇게 아름다운데 아무도 없이 홀로 피어 있는 모습을 보니 안쓰러운 마음이 들었다.

정말 외롭지 않은 거지?

아니, 조금은 외로운 것 같아.

양귀비꽃은 고개를 조금 떨구며 말했다. 나는 뒤를 돌아보고 여전히 자동차가 거의 없는지 확인했다. 다행히도 움직이는 불빛은 보이지 않았다.

붉은 노을 때문이었을까 외롭게 피어 있는 양귀비 꽃 한 송이 때문이었을까 도로
는 온통 붉게 물들어가고 있었고 저 멀리서 흐르는 강물소리는 여전히 천천히 흘
러가는 것 같았다.

나와 함께 갈래?

아니, 그냥 여기에 있을게.

밤새도록?

아니, 이제 다시 잠을 자야지.

함께 있어줄까?

아니, 괜찮을 것 같아.

고개를 떨구고 애처롭게 말하는 양귀비꽃은 잠이 오는지 점점 더 짙은 붉은색으로
물들어가고 있었다.

정말 함께 있어주고 싶어서 그래.

응, 그럼 조금만 함께 있어줘.

오늘따라 도로는 더욱 한적했다. 멀리서 다가오는 몇 개의 불빛만이 이곳이 도로라
는 것을 알려주고 있었다.

나는 양귀비 꽃잎 속으로 쏙 들어가 앉았다. 고개를 떨구던 양귀비꽃은 그런 나를 힘껏 받아주었다. 우리는 한동안 아무런 말도 없었다. 그저 붉게 물들어가는 도로 한 켠에서 조용히 앉아 있을 뿐이었다.

졸리지 않아?

그보다 외롭지 않아서 다행이야.

붉었던 노을이 서서히 어두운 그림자로 다가올 무렵 나는 눈을 감았고 서서히 땅으로 내려오고 있는 것을 느꼈다. 이렇게 만나게 될지는 몰랐지만 혼자 잠들었을 모습을 생각해보니 잠드는 순간 함께할 수 있어서 다행이라고 생각했다. 고개를 떨구고 편안하게 잠들어 있는 모습을 보고 집으로 데려가려고 했던 생각이 잘못이었다는 것을 알았다. 한참을 푹 자고 일어났을 때는 따뜻한 공기가 맴돌기 시작한 늦은 아침에 친구들과 함께할 수 있기를, 우연히 만나지 못하더라도 외롭지 않기를 바라주었다.

차에 올라 어두워진 도로 위를 환한 불빛으로 밝혔고 조용하던 강물 소리는 닫힌 창문 밖에서 차갑게 흐르고 있었다.

부서질 것 같아

마음은 물살 없는 강물 속 깊은 곳에 가라앉은 모래 진흙처럼 무겁게 짓눌려 있었다. 까맣게 타버린 깃털 하나가 뱅글뱅글 돌며 그 속으로 들어와 살며시 내려앉자 모래 진흙은 마음속 보이지 않았던 곳까지 뿌옇게 흐려놓았다.

바짝 말라버린 앙상한 나뭇가지 아래 주저앉아 뿌옇게 흐려져버린 강물 속에서 모래 진흙들이 다시 가라앉기를 기다리고 있는 것밖에는 다른 방법이 없었다.

까마귀들은 머리 위를 빙빙 돌며 날아다녔다. 언제 새까만 깃털이 다시 떨어져 강물 속 같은 내 마음을 흐려놓을지는 알 수 없었다.

차라리 그저 흘러갈 수 있었으면.

앞을 보려고 손을 허우적거려 보았지만 소용이 없었고 그럴수록 가슴으로 뾰족한 깃털 끝이 박혀 들어와 너무 아픈 나머지 눈을 뜰 수 없었다.

부서질 것 같아, 부서질 것 같다구.

하늘 어딘가에서는 바람 없는 가벼운 깃털이 까맣게 타 들어간 채로 한없이 가라
앉고 있었다.

내일이 올까?

퉁퉁 부은 눈으로 거울을 쳐다보니 백조 한 마리가 날개를 늘어뜨린 채 누워 있었다.

아름다워지고 싶어.

백조는 오리들 틈에 늘 혼자서 외로웠다. 아무도 자신을 아름다운 백조라고 말해주지 않았다.

차라리 오리로 태어날 것을.

백조는 오리가 되지 못하는 자신이 아름답지 않다고 생각했다.

포근히 펼쳐진 날개를 늘어뜨리고 땅바닥에 엎드린 백조는 순간 거울 속에 비친 모습을 보고는 눈가에 맺힌 눈물이 발갛게 멍이든 한쪽 볼을 따라 미끄러지며 떨어지고 있는 것을 바라보았다.

흐르는 눈물은 아름답구나.

반짝이는 호수가 보이는 푸른색 들판에 앉아 내일을 생각해보았다.

얼마나 기다려야 내일이 되는 거지?

하늘에는 꺼져가는 별빛이 마지막 아름다움을 발하고 있었다.

나의 내일은 오늘과 똑같을까?

오전 12시가 지나고도 5시간이 더 흘렀다. 아직 내일은 오지 않았고 새벽의 물바람을 타고 들어오는 안개 속에 반짝이던 별빛은 그 아름다운 광채를 숨기고 말았다.

이대로 잠이 들었다 일어나면 내일이 올까?

새하얗고 포근한 숨결이 내게 다가왔다.

내일이 오면 나는 아름다운 백조가 되어 있을 거야.

나는 그런 백조를 바라보며 고개를 끄덕였다.

나도 내일을 기다리고 있어.

안개는 모습을 감추었고 하늘에서 빛나던 별들은 사라졌다.

그리고 내일은 오지 않았다.

오리들은 시끄럽게 아침을 맞이했다. 분주하게 움직이며 먹이를 찾아 사방으로 흩어졌다 모이기를 반복했다. 몇몇 새끼 오리들은 무엇인지도 모르고 어미 오리를 따라 다니느라 바쁘게 걸음을 옮기고 있었다. 백조는 지난 새벽을 떠올렸다. 조용한 시간 속에서 내일을 기다리고 앉아 있던 자신과 마지막 아름다움을 빛내고 있던 별들을 생각하니 가슴이 아파오는 것을 느꼈다.

뜨고 지는 아름다움.

백조는 그렇게 호수 위로 새하얗게 빛나는 날개를 띄웠다.

거울 속에 흐르던 눈물을 훔치고 나서 날개를 쭉 펴보았다. 아직은 온전히 날 수는 없었지만 제법 아름답다고 느꼈다. 어제 흘린 눈물만큼 눈가는 통통 부어 있었지만 그 또한 나라는 생각을 했다. 잠을 못 잤던 탓인지 커튼 밖으로 비춰 들어오는 햇빛이 더욱 밝게 느껴졌다. 커튼을 활짝 열어놓을까도 생각해봤지만 오늘 새벽의 아름다움이 별빛처럼 사라질까 봐 그냥 두기로 했다.

백조는 호수에서 아름다운 날들을 보내고 있을까?

오랜만에 포근한 꿈을 꾸었다. 나는 아름다운 여인이 되어 호숫가를 찾았고 저 멀리서 우아한 날갯짓을 하며 백조가 헤엄쳐 왔다. 우리는 반가운 마음에 초록빛 들판에 누워 서로를 꼭 껴안아줬다. 백조는 우아해진 날개를 펼쳐 나를 안아주었고 그 품안이 얼마나 포근했던지 꿈속에서조차 또다시 잠이 들 뻔했다.

내일이 왔구나? 너무나 아름다운 여인이 되었어.

백조는 나를 다시 한 번 꼭 껴안아줬다. 나도 새하얀 날개를 펼쳐 백조의 가슴을 어루만져 주었다. 그렇게 한참을 서로의 포근함을 느끼고 있을 무렵 저 멀리서 귀여운 오리들이 줄지어 나타났다. 새끼 오리들은 어미를 따라 뒤뚱뒤뚱 열심히 걷고 있었다. 그 모습이 너무 귀여워 우리는 환한 미소를 지어주었다. 우리의 마지막 작별 인사를 나누고 나서 백조는 다시 호수 위로 올라갔고 나는 들판에 서서 손을 흔들어줬다.

잠에서 깨어 커튼을 열어 하늘을 바라봤다. 한여름 밤을 아름답게 빛내던 백조자리의 불빛은 더 이상 없었지만 내 기억 속에 남아 있는 아름답던 백조의 모습은 아직 밝게 빛나고 있었다.

바람의 기억

가만히 생각해보니,

기억이 났다.

옷깃을 스쳐 지나가는 바람 소리가 듣기 좋게 내 몸을 어루만지고 지나갔다. 수줍
게 웃고서는 잡았던 두 손의 기억이 짓궂게 옷 속을 들추며 불어 들어왔다.

'하아'

두 손을 모아 입에 가져다 대고 불어보면 옅은 입김이 눈앞에 아른거리듯 나타났
다. 사라졌을 것 같았던 기억의 바람은 느닷없이 불어와 두 볼을 발갛게 만들고 지
나갔다.

발갛게 익은 얼굴에 가만히 두 손을 대고 잠시 불어오는 바람의 기억을 느껴보고

싶었는지도 모르겠다.

좋은 기억이 되겠지?

나뭇가지 위로 폴짝 뛰어 오르니 예쁜 붉은 드레스를 차려 입은 나뭇잎들이 춤을
추었다. 조금씩 흔들리는 나뭇잎들은 서로 부딪치며 듣기 좋은 소리를 내고 있었
다. 위아래로 몸을 흔들자 나뭇잎들도 몸을 흔들며 나뭇가지가 지휘하는 손짓에 따
라 더욱 크게 노래했다.

가을은 생각처럼 쓸쓸하지 않았다.

안녕?

다람쥐 한 마리가 찾아와 인사를 했다. 오는 길에 작은 도토리를 몇 개를 주워 주머
니에 넣어가지고 왔으면 좋았을 텐데 하고 생각했다.

안녕?

나도 다람쥐에게 인사를 했다. 우리는 같은 가지 위에서 붉은 나뭇잎들의 노랫소리
를 함께 듣고 있었다.

긴 노래가 끝나고 우리는 마지막 소절을 듣기 위해 땅으로 내려왔다. 마지막 소절을 노래하던 나뭇잎 하나가 다람쥐의 박수소리를 들으며 천천히 무대 아래로 내려오고 있었다.

참 좋은 노래였지?

다음에도 함께 노래를 듣자.

가을의 산속은 그 어느 때보다도 더욱 아름다웠다. 걸음을 옮길 때마다 바스락거리는 낙엽의 소리도 듣기 좋았다. 산을 찾는 사람들도 모두 행복한 얼굴을 하고 있었다.

나도 그런 얼굴을 하고 있겠지?

발아래에 데굴거리는 도토리 몇 개를 주워 주머니에 넣었다. 입안에 잔뜩 도토리를 넣고 신나 하는 다람쥐의 모습을 생각하니 웃음이 저절로 나왔다. 괜히 다람쥐들이 먹을 것을 가져가는 것은 아닐까라고도 생각했지만 이내 주위를 둘러보니 도토리들은 아주 많이 떨어져 있어 이 정도는 괜찮을 것이라고 생각했다.

기념이야.

그다지 높지 않은 나무에서 부리를 분주하게 쪼으며 집을 짓고 있는 딱따구리 한 마리가 보였다. 조금만 더 걸어가면 출구가 나온다. 산을 오르기 시작하면서 보았던 나무에 있던 동그란 구멍이 딱따구리의 집이라는 것을 알게 됐다. 동화책을 다 읽고 난 후 마지막 페이지를 덮고 긴 여운을 느끼고 흐뭇하게 웃으며 엄마에게 뛰어가 다 읽었어, 라며 품에 안기던 어린 시절의 기분이 들었다. 낙엽들은 곧 흰 눈에 덮여 아름답던 빛깔을 잃어버리겠지만 이들이 내게 들려주었던 노래는 영영 잊히지 않고 내 마음에 맴돌 것을 알았다.

산에서 나와 뒤를 돌아보려고 잠시 멈칫하다가 다시 앞으로 걸어 나가기 시작했다. 주머니 속에서 도토리 몇 개가 손에 잡혔다. 딱따구리가 집을 짓는 소리도 여전히 들리고 있었다. 나뭇잎의 노래도 내 마음 속에서 붉게 울려 퍼져 노래하고 있었다.

모두 여기, 내 가슴 속에 남아 좋은 기억이 되겠지?

오늘

또 다시 추위가 다가오려 한다. 새하얀 눈송이가 슬픈 하늘 어딘가에서 시작해 내게 다가오려고 준비를 하고 있을 것이다. 작년 겨울처럼 이번에도 모든 것이 똑같이 다가올 것을 안다. 다만 다른 것이 있다면 지금은 작은 눈송이 하나쯤은 따뜻이 녹여줄 수 있는 마음이 생긴 것 같다.

내 마음은 자라고 있는 거겠지?

그리고 나는 오늘의 내 모습이 아름답다.

내일이 찾아오지 않아도.

에
필
로
그

아직 어두워지기는 이른 시간이라고 생각하고 창문을 열고 밖을 내다보자, 겨울이
빨리 끝나고 따뜻한 봄이 왔으면 좋겠다는 생각만이 들 정도로 추위를 멀리하고
싶었다. 하지만 추위는 어느 때보다도 길게 우리를 괴롭히고 있었고 비슷한 즈음에
《네가 지금 외로운 것은 누군가를 사랑하고 있기 때문이다》를 그리고 쓸 수 있게
한 우연의 인연들을 만나게 되었다. "그림이 들어간 책을 한번 써보지 않을래요?"
라는 물음에 선뜻 "그럼요."라고 대답을 하고 누군가에게 꼭 도움이 될 수 있는 책
으로 완성되기를 막연히 기대했었다. 처음에는 단순히 그림을 잘 완성하여 글을 덧
붙이면 되겠다는 심정으로 시작하였으나 누군가에게 도움이 될 만한 내용이 무엇
인지는 딱히 찾아내기가 어려운 것은 물론이고 우리 자신도 특별히 누군가에게 도
움이 될 만큼 성숙하지 못했기에 난관에 부딪히기가 수도 없었다.

그 어떤 해답도 찾지 못한 채 첫 번째 그림이 완성되었다. 우리는 이 첫 번째 그림

을 완성시키면서 무수히 많은 이야기들을 나누었다. 그 이야기들은 대부분 극히 개인적인 이야기들로 어렸을 때 있었던 지나간 이야기들, 산책을 하면서 마주쳤던 이름 모를 꽃, 일이 있어 들렸던 조용한 마을의 모습, 그리고 어제와 오늘, 내일에 대한 후회, 기쁨, 떨림, 갈등, 외로움 등과 같이 사사로운 이야기들이 대부분이었다. 그리고 두 번째 그림이 완성되었다. 몇 달 뒤 녹색을 그리던 나뭇잎이 붉게 물들어갈 때 즈음, 우리는 10여장의 그림이 한 곳에 모여 있는 것을 바라보고 있었다. 그리고 그림 속에는 우리가 함께 이야기해왔던 감정들이 고스란히 모여 있다는 것도함께 느꼈다. 누군가에게 도움이 될 수 있는 책을 준비하면서 그려진 대부분의 그림들은 이이러니하게도 외롭고 지친 모습으로 우리를 바라보고 있었다. 그렇게 마주하고 있자니 그림들이 우리를 향해 무언가 이야기를 들려주는 듯한 기분이 들었다. 그리고 어떠한 결론도 내리지 않고 계속해서 그림을 그려나가기로 했다. 그 과정에서 느낄 수 있었던 솔직한 감정들은 대부분 작은 외로움이었고 그 부분이 시간이 지남에 따라 어떻게 변해갈 수 있을지 스스로도 궁금해졌기 때문이다. 그 사이 우리의 이야기도 함께 끊임없이 이어져가고 있었고 함께 우리의 마음도 어느새 조금씩조금씩 자라고 있다는 것도 후에는 알게 될 수 있었다.

누구에게 보여주기를 원해서가 아니라 자신의 마음속에 솔직한 대화를 들어보려고 노력했다. 그러자 그 어떤 누구도 알려주지 않았던, 정확한 해답을 알 수는 없더라도, 어느새 거울 속에서 살며시 웃으며 얼굴을 매만지고 있는 내 모습을 바라볼 수 있었다.

"가장 사랑하는 것은 무엇인가요?"

책은 외로움에 대해 그 어떤 방향, 방법, 결론도 내려주지 않습니다. 그리고 그럴

수 있는 자격 또한 지니고 있지 않다고 생각합니다. 오히려 끊임없는 의문(해답이 없는)들만 던져 더욱 혼란스럽게 할지도 모릅니다. 때로는 많이 흘려버린 눈물만큼 어느새 아름다워진 마음을 어느 날 문득 들여다보게 될 수 있다고 생각하기 때문입니다. 그리고 이와 같은 의문들에 대한 대답은 그 누구의 것보다도 본인 자신이 가장 잘 알 수 있게 되리라 생각합니다. 그에 대한 방향도 방법도 결론도. 그리고 자신에 맞는 해답을 찾게 되었을 때의 가치는 그 어느 것보다 진실성 있는 소중한 오늘의 자신을 바라 볼 수 있는 눈과 마음을 지니게 할 수 있습니다. 설사 그 어떤 해답도 찾지 못할지라도 그 과정들 속에서 자신의 마음은 아름답게 피어날 날을 기다리고 있을 것입니다.

"당신은 외로운가요?"

당신은 누군가를 사랑하고 있습니다. 그리고 그 사랑이 무엇인지를 찾을 수 있도록 이전에는 들을 수 없었던 목소리가 들려주었던 이야기를 조심스럽게 꺼내어 들려 드렸습니다.

막 잠에서 깨어 펼쳐진 오늘이 아직도 외롭게 느껴진다면 당신의 마음은 계속해서 더욱 아름답게 자라고 있다는 증거입니다.

감사합니다.

오늘. DNDD